LETTRE

AU SUJET DU

CODE LYRIQUE.

LETTRE

DE
M. LE PRESIDENT D...

A MADlle CARTOU,

Au sujet du Code Lyrique.

MOTIFS de la Lettre.

J'Ai appris que ce petit Ouvrage étoit d'une Societé.

HISTOIRE DE L'OUVRAGE.

COmme la matiere est de ma competence, vous me permettrez de vous faire mes Observations.

A

Je ne vous dirai rien de la Préface, parce que je ne l'ai pas luë, suivant le vœu que j'ai fait de n'en jamais lire. Cependant elle ne doit pas être bien bonne, & j'ose dire, *meo periculo*, qu'elle ne vaut rien. Une Préface à un Reglement, ne sçauroit être bonne : *Nihil frigidius quàm lex cum prologo.*

J'ai parcouru le point de vuë de l'Opera. Pourquoi le point vuë de l'Opera ? On a bien fait de l'intituler : *Découpure*, puisqu'il n'en est dit que deux mots à la fin, & que l'Auteur ébauche une idée qu'il n'acheve pas. Le reste est de l'érudition en pure perte. Les Grecs viennent toujours à chaque pas ; il ne s'entretient que de Grecs, Musique grecque, Danses grecques, Beautés grecques. J'aime assez la peinture de ces Courtisans, qui bonnement n'est qu'une franche imagination; mais on voit que le dessein de l'Auteur a été de confondre nos Actrices avec cet ordre.

La Satyre saute aux yeux; s'il parle de la Musique grecque, c'est pour fronder celle de Rameau, & ces Musiciens Géometres se devinent aisément.

Voyez comment est amené le portrait de ces Courtisans à propos des Comediens; le trait est insultant, mais c'est une découpure. Mais le comble de l'impertinence est de coudre à ce morceau sur les Courtisans Grecs des portraits modernes de Filles respectables , soit par leurs talens , soit par leur propre considération , & la figure qu'elles font dans le monde. Mad.elle Gauffin sera-t'elle contente qu'on se soit attaché à sa voix lassive ? N'y avoit-il que cela à loüer chez elle ? Mademoiselle Cartou n'est pas mal peinte ; mais pourquoi lui aller reprocher incivilement la fuite de ses beaux jours & de son printems ? Mademoiselle Saint Germain ; quelle misere d'aller relever le secret de sa conduite ! il étoit bien interessant de sçavoir le nombre de ses années; tout ne se confond-il pas dans le direct.

Pour Mademoiselle Cleron, on abuse très-évidemment du surnom de Fretillon qu'elle a pû meriter dans sa jeunesse. Aujourd'hui c'est une fille solide & de fort bon commerce.

Avez-vous rien vû de plus malin que le Portrait de Mademoiselle le Maure ? Cette Actrice rare, à qui le Public a tant d'obligations, quand elle daigne se montrer & se prêter aux applaudissemens & aux liberalités de l'Opera. Que résulte-t-il de ce portrait ? Qu'elle n'a la voix que comme une cigale : *Vox, vox, prætereaque nihil*; sans esprit, sans intelli-

gence. Paraphrasez comme
vous voudrez ce portrait, cette
fille n'est qu'un instrument ma-
teriel, c'est la flute de Blavet,
animée par un soufle. Ici l'Auteur veut ensuite justifier la ga-
lanterie dans le sexe par les a-
grémens & l'utilité qui en ré-
sultent.

These à la Demoiselle le Couvreur.

Pour amener une Epitaphe
aussi vieille que le monde, &
que les mœurs de tous les peu-
ples prouvent mieux que les
raisonnemens du monde; voyez
comme il passe enfin à la peinture de l'Opera; quelle découpure !

Reglement pour l'Opera.

Peut-on traiter une matiere aussi grave d'une maniere aussi bouffonne ? C'est Momus qu'on érige ici en Legislateur: que peut-on attendre de sensé de lui ?

L'Article premier devroit être le dernier , puisqu'il est conséquent de la Loi; & l'Auteur du Reglement péche le premier formellement contre sa Loi, par ses explications historiques. Dira-t'on qu'il y a plus de sel à avoir placé cet Article en tête ?

Le deuxiéme Article souffre des difficultés, & est d'une dangereufe conféquence. S'il étoit fuivi, la Demoifelle le Maure feroit réduite au Rolle de Con-fidente. L'exception faite en faveur du Sieur Chuffé, eft pâle, & je l'applaudis avec le Public.

L'Article troifiéme concer-nant les Actes, à voir clair, eft trop enveloppé, & auroit be-foin d'un bon Commentaire. Ces liaifons fufpectes avec les Seigneurs, s'entendent affez; mais on ne fçait ce que c'eft que cet Amadis moderne dont on veut leur faire éviter le fort. Cet Amadis, à voir clair, n'eft-ce pas préparer des tor-tures aux Sommaires futurs? Il faut être clair dans un Reglement : Et puisqu'il s'agit de clarté, il en faut dans un Re-glement. La defense aux Ac-teurs de joüer gros jeu, est ridicule, comme de se réduire à la Bourgeoisie. On ne détruit point son imagination, comme on veut. Des Acteurs accou-tumés à joüer les Césars, &c. peuvent-ils se dégrader dans un monde ? &c. D'ailleurs, contradiction manifeste avec l'Article XXII. où l'on auto-rise les Actrices d'avoir un ou plusieurs Amans pour se sou-tenir : le Texte est formel. Dans un état, conforme à leur con-dition de Déesses, de Nym-phes, ou d'Héroïnes : Pour-quoi refuser ce Privilege aux

Acteurs ? La décence de leur condition ne doit point borner la dépense, &c.

Je me mets de gayeté de cœur dans le cas de l'Article premier, continuant ma Paraphrase critique ; mais la Défense n'est pas bien férieuse, &c.

Les Articles cinq & six font juftes. Oh ! pour le coup, Mefdemoifelles, le Public a des droits fur votre fanté, & a grand interêt que vous la ménagiez.

L'Article fept eft injufte. Les Acteurs, en vertu de la confraternité, ont les premiers droits fur les Actrices : on ne peut même leur refufer la préference. C'eft aux Actrices à concilier les interêts de leur cœur avec ceux de leur fortune. Ainsi j'opine pour la reformation de cet Article.

Les Articles quinze, vingt-sept & trente, concernant la décence du Spectacle, n'auroient dû en faire qu'un seul ; puisqu'ils n'ont tous trois qu'un même objet, suivant la Maxime : *Non sunt multiplicanda jura.* Les derniers recevront quelques Observations.

La Défense faite par l'Article neuf de réunir aux talens de la Lyre les autres Attributs de Mercure, regarde, si je ne me trompe, quelques Actes à voir clair, qu'on auroit pû indiquer, pour ne point laisser foupçonner les autres.

L'Article dix eſt inutile, comme fondé ſur un Uſage conſtant de l'Opera. La Demoiſelle Cleron, plus connuë ſous le nom de Fretillon, eſt de la claſſe des Filles dont la réputation étoit faite avant que d'entrer à l'Opera, & aſſurément elle ne doit rien au Spectacle.

L'Article onze, juſte; parce que tout ce qui eſt de Droit public, n'eſt point de Droit privé, & ces Droits ſont incompatibles. Pardonnez-moi, Mademoiſelle, ſi je vous parle Maximes du Palais : je vous citerois du Latin, ſi vous l'entendiez.

L'Article douze fur l'âge des Actrices, paffable, attendu l'ufage & la commodité : il eft pratiqué d'avance dans tous les Ordres.

L'Article treize louche concernant la préfence des Actrices. Le motif ne regarde que la Demoifelle le Maure, & la difpofition devient génerale. L'Auteur n'eft point affez conféquent : c'eft encore une découpure.

L'Article quatorziéme concernant les Enlevemens des Actrices, bon & en fa place. Le terme, *quoique volontaire*, eft fuperflu : il n'y a point d'exemple de rapts.

L'Article dix-feptiéme. Il

falloit ajouter à cet Article, quant à la proprieté des Enfans : Que ceux defdites Actrices de l'un & l'autre fexe feront acquis de plein droit à l'Opera chargé de leur éducation ; comme les Enfans des Matelots & des Soldats infcrits aux Claffes de la Marine, font acquis au Roy. Quant au nom, l'Article fuivant y a fagement pourvu.

A l'Article XXI. en attendant l'avis des Facultés de Medecine, fur les précautions à prendre, par rapport aux filles qui fe trouvent enceintes, on pourroit faire ufage des nouveaux moyens inventés par M. l'Abbé R.... & dont on en don-

nera sans doute la description
au premier jour dans les nouveaux Memoires de l'Académie
Royale de Chirurgie.

L'Article vingt-trois auroit
besoin d'être modifié, par rapport à l'extension qu'on peut
lui donner, & aux conséquen-
ces qui peuvent s'ensuivre. Les
Postulantes ne doivent point
participer aux Privileges des
Professes : la facilité des Direc-
teurs peut donner lieu à beaucoup d'abus, & multiplier les
Postulantes à l'infini. On dira
que je parle en pere de famille ;
mais nous autres Robins, nous
nous envisageons toujours dans
les Reglemens que nous fai-
sons.

Vingt-septiéme. Le premier Chef de cet Article est bon, par rapport aux signes trop clairs. L'exercice des jeux dans les Actrices est de droit commun, & n'avoit pas besoin de permission.

J'ai vû, ma chere Cartou, avec une veritable satisfaction la justice qu'on vous a rendu dans la distribution des Emplois. On peut dire que si l'Auteur du Reglement a marqué quelque discernement, c'est dans le choix judicieux qu'il a fait de tous les Sujets qui composent les deux Tribunaux. J'observerai seulement d'après quelques habiles gens que j'ai vû, que l'Auteur s'est

mépris ; que la cour souverai-
ne auroit dû être composée de
vous & de vos Compagnes, attendu que mieux instruites des
interêts du Corps , vous êtes
plus en état de juger , & que
d'ailleurs à l'Opera le Droit é-
crit y doit être beaucoup moins
suivi que le Droit coutumier.

J'observe encore qu'il y a
bien de la malice au Legislateur d'avoir réglé que vous tien-
driez une Audience de bout ,
tandis que Messieurs seroient
assis à leur aise.

L'Article quarante trois, par
lequel il est ordonné aux Avo-
cats de signer leurs Memoires,
regarde l'affaire d'entre la Dlle
Petit & la Dlle Jacquier, dans

laquelle on a vû paroître differens Factums de la main de
deux celebres Abbés, (feu l'Abbé de la Marre & l'Abbé de la
Garde) dont il a falu deviner
les Auteurs.

Tout Paris a pris part à la
nouvelle dignité conferée au
sieur Abbé de la Garde, & l'on
avouë que personne n'étoit
plus capable de succeder à l'Abbé Pelegrin. Cette place étoit
bien duë d'un côté aux services
qu'il rend actuellement à la
Dlle le Maure, si chere au Public, & de l'autre à ses talens.
Il est vrai qu'il n'a point encore fait d'Opera. Mais les Let-
tres de Therese, & principale-
ment l'Histoire de M. Popino

écrite dans le goût délicat de l'Hycophron de l'Academie, avec une élegance, une pureté, une noblesse, une legereté de style qui font d'abord reconnoître la main de l'Auteur; l'écho du Public, ce solide & ingenieux Journal, qui n'a fait presque que se montrer pour exciter plus vivement nos regrets; les Annalles amusantes, à qui l'injustice & le mauvais goût du siécle, ont à peine donné le tems d'amuser : l'Imprimeur qui croyoit, helas! mettre cet Ouvrage au jour pour un autre usage que celui où il fut condamné en naissant; ces differens Ecrits lui ont fait une espece de réputation qui donne de grandes esperances.

L'Article quarante-huit, qui défend de donner au Theatre des Pieces *gratis*, auroit dû faire une exception en faveur des Gens de Qualité qui donnent dans ce genre d'écrire , & du sieur Voiture dont tout le monde connoît le desinteressement.

L'Article quarante-neuf est censé, & vient d'avoir son exécution dans la *Puissance de l'Amour*, dont les Auteurs n'ont eu rien à se reprocher , par la justice que leur a rendu le Public.

L'Article cinquante & dernier est important, mais il n'est pas assez elevé. On auroit dû ajouter * * *.

Voilà, Mademoiselle, les Observations que m'ont suggeré un examen assez superficiel, & que les occupations de mon Cabinet & du Palais, ne m'ont pas permis d'approfondir.

Je ne vous dis rien des Eclaircissemens Historiques qu'on auroit pû rendre plus utiles, en leur donnant plus d'étenduë.

Je suis, &c.

www.ingramcontent.com/pod-product-compliance
Ingram Content Group UK Ltd.
Pitfield, Milton Keynes, MK11 3LW, UK
UKHW020912140726
13695UKWH00006B/2472